Johannes Schlaf

Helldunkel

Johannes Schlaf

Helldunkel

ISBN/EAN: 9783743649453

Hergestellt in Europa, USA, Kanada, Australien, Japan

Cover: Foto ©Andreas Hilbeck / pixelio.de

Weitere Bücher finden Sie auf **www.hansebooks.com**

Johannes Schlaf.

Helldunkel.

Gedichte.

Minden in Westf.
J. C. C. Bruns' Verlag.

Gedruckt bei H. C. C. Bruns, Minden i. W.

Inhalt.

❧

Seite.

Der graue Tag.

Wie so viel Freude in der Welt!
Wie so viel Sonne über den Blumen!
Aber alles grau am grauen Tag. —
Freude schneidet Grimassen,
Sonne sticht über den Blumen,
Und — grau der graue Tag. —

Schlaf, Hellbunkel.

Leid?

✱

Leid! —
Nimm an:
Zwei Atome
Zwängte eine dunkle Ursache
Zueinander in der weiten Aetherleere;
Sie bildeten eine Schwere;
Andere schossen hinzu,
Wurden hineingerissen
In die Wirbel eines beginnenden Kreisens;
Ein kosmischer Nebel
Sammelte sich ins Ungeheure;
Planeten;
Protoplasma sich scheidend,
Das Eine
Aus dem Einen
Als eine heimliche
Urzweiheit:
Und nun,
Aus ihm hervor
Die ungeheure Entwicklungskette der Geschlechter;
Von einem Anfang
Zu einem Ende. —
Ist's Leid? — — —

❧

Wie die Liebe . . .

Wie die Liebe
Ewig deine, meine ewig ungestillte Sehnsucht nach der
Heimat ist! —

Wie die Sehnsucht
Ewig deine, meine ewig unverlorene Heimat ist! —

Herbst.

1.

Nun kommen die letzten klaren Tage
Einer müderen Sonne.
Bunttaumelnde Pracht,
Blatt bei Blatt.
So heimisch raschelt
Der Fuß durchs Laub.

O du liebes, weitstilles Farbenlied!
Du zarte, umrißreine Wonne!

Komm!
Ein letztes Sonnenblickchen
Wärmt unser Heim.
Da wollen wir sitzen,
Still im Stillen,
Und in die müden Abendfarben sehn.
Da wollen wir beieinander sitzen
In Herbstmonddämmer hinein
Und leise
Verlorene Worte plaudern. —

Herbſtſonnenſchein.
Der liebe Abend lacht ſo ſtill herein.
Ein Feuerlein rot
Kniſtert im Ofenloch und loht.

So! — Mein Kopf auf deinen Knie'n. —
So iſt mir gut;
Wenn mein Auge ſo in deinem ruht.

Wie leiſ die Minuten ziehn! . . .

Spätherbst.

1.

Wie ist mein Herz so müd und alt,
So müd und kalt! —
Die roten Hagebutten
Hängen über den Rain,
Ich starre in die welken Blätter hinein
Und suche
Nach jenen alten, warmen Ofenmärchen. —

Prinz Zuckerkant
Kommt ins Land.
Seine Pracht schimmert auf gelben Blättern,
An Stamm und Kraut,
Auf dunklem Ackerbraun.
Wie heimisch ist sie zu schaun! —
Nun könnt' ich hier immer so bei den grauen Weiden stehn
Und die blinkenden Tropfen fallen sehn! —

Am Kamin.

Alt, alt bin ich,
Wie der greise Wandrer, der nun kommt,
Und so still und dunkeläugig froh.

Ein kleines Liedchen
Hüpft und gaukelt immer so lieb
Und so schlicht über meinen Tiefen. —

Winter.

Der schönste Cherub kommt.
Mit weitweißen,
Sanften Schwingen
Schimmert er durchs Dunkel:
Kalt, starr und grausig
Und süß wie der Wille Gottes,
Heimatliederumraunt. —

Sommer.

Grüne Schleier
Weit gesponnen.
Gleißend und gleitend. —

Ich sinke
In Farben und Sommerwärme,
Duftschwere, schwüle, summende Sommerwärme. —

Meine Hand
Ruht in einem kühlen,
Leise kringelnden Braun,

Und meine trunkenen Sinne lächeln . . .

Die hohe Mauer.

Die hohe, hohe Mauer
Mit ihren ernsten Urnen oben! —
Weinranken hängen überrand:
Die rascheln im Winde,
Die glänzen im Sonnenschein,
Die triefen im Regen,
Sind grün im Sommer
Und rot im Herbst.
Ich kenne jeden Stein. —
Denn immer geht mein Sehnen dort
Und lauscht, wie fern im Stillen
Die hohen Wipfel raunen. —

Schöpfung.

In einer tiefen, schwarzen Nacht
Weint müde ein Verlangen,
Und das ist Wille
Und Macht. —
Das zittert in einem bangen
Klagelaut in die verhüllten Fernen
Und findet einen Weg durchs Trübe.
Weit, weit hinter den Sternen
Hört's die Liebe;
Und sie erwacht
Und wird Kraft,
Wird eine zornige Wonne,
Die schafft
Eine neue, unbefleckte Sonne,
Um die kreist eine junge Welt
Von einem neuen Licht erhellt.
Ward aus einer tiefen, schwarzen Nacht,
Aus einem Verlangen.

Trübes Wetter.

Das Meer! — Das Meer — —
Die grauen Wolken hingen so trüb und schwer.
Ich sah nur ein weites Armebreiten,
Und wie ein dunkelsüßer Heimatston kam's her
Aus den nebelverhüllten, schluchzenden Weiten. —

Hoffnung.

Ein weißes Grau hüllt weit den Himmel ein.
Ein stumpfer Glanz liegt auf den Uferweiden.
Träge, mit gurgelnden Wellen treibt der gelbe Strom.
Ich muß mich noch bescheiden.
Ich will noch ein Stückchen so weitergehn.
Bald müssen ja alle Höhn
In hellen Frührotfeuern stehn . . .

Phantaſus.

Dreißigtauſend Meilen hinterm Mond
Werden Steine zuſammengetragen;
Denn ein Schloß ſoll ragen
Aus lauter ſilberblauem Schein;
Drin wohnt
Das allerköniglichſte Jungfräulein,
Marlenchen fein. —
Nun mußt du wandern und wagen,
Sie ſoll dein eigen ſein. —

Der einsame Pfeifer.

Ich kam zu einer Wiese
Im roten Abendschein.
Da tanzten ihrer Zweie,
Doch Einer saß allein.
Ein dunkler Hagrer saß im Gras,
Der pfiff den Zwei'n
So sonderlichen Tanztakt. —
Er pfiff für sich,
Sie tanzten für sich,
Aber die Weise war Dreien gemein;
Klang so voll Zorn und Sehnsucht
Ins ferne Abendrot hinein. —

Eine Liebe.

1.

Waldsonne.

In die braunen, rauschenden Nächte
Flittert ein Licht herein,
Grüngolden ein Schein.

Blumen blinken auf und Gräser
Und die singenden, springenden Waldwässerlein
Und — Erinnerungen. —

Die längst verklungen:
Golden erwachen sie wieder,
Alle deine fröhlichen Lieder.

Und ich sehe deine goldenen Haare glänzen,
Und ich sehe deine goldenen Augen glänzen,
Aus den grünen, raunenden Nächten.

Und mir ist, ich läge neben dir auf dem Rasen
Und hörte dich wieder auf der glitzeblanken Syrinx
In die blauen Himmelslüfte blasen.

In die braunen, wühlenden Nächte
Flittert ein Licht,
Ein goldner Schein. —

2.

Abendgang.

Und ich führte das blonde Jungfräulein
In den weiten, schleiernden Abendfrieden hinein.

Nebel über die Wiesen gingen,
Und vom Bache durch das braune Dunkel kam ein Singen.
Am Himmel alle unsre goldenen Geigen hingen.

Die tönten so sacht und fein. —

Eine andere Liebe.

1.

Nein, wir haben unsre schönste Zeit versäumt! —
Ach, wie bin ich so müd und wirr verträumt! —

Nein, und wenn die trübe Flamme loht,
Such ich in deinen Küssen Tod.

Gleicher Haß und gleiche Flammen:
Sieh, so passen wir zusammen. —

2.

Blicke mich nicht so dunkel an
Und voll Verlangen. —
Siehst du nicht, wie licht und klar
Die lieben Sterne prangen?

Die stillen, blinkenden Wasserweiten!
Dies Flüstern im Rohr!
Und dort drüben über den breiten
Wipfeln taucht der runde Mond empor. —

O Gott, wie ist die Welt so licht und rein! —
Komm, laß uns diesen Frieden leben
Und einmal, einmal still und — glücklich sein. —

Wie du weintest, als ich dich umarmte!
Ich sah wohl bis in die tiefsten, dunkelsten Gründe dieser
Thränen
Und ich fühlte wohl dein tiefstes, dunkelstes Sehnen;
Bis unsre trübe Wonne sich seiner erbarmte. —
Nicht? —

Friede.

Apfelblüten leuchten,
Und vom Flieder weht's herüber.
Oben ein stilles, weißes Grau darüber
Und ein Ruch vom feuchten,
Hohen Wiesengrün.

Lachende Grüße
Von dir,
Aus mir
Zu mir,
Du Süße! —

Weiter graudämmernder Friede.
Friede. —

Plötzliches Gedenken.

Aus der grauen Kühle
Lichtgrün lacht ein Hang.
Oben steht ein rotes Häuschen,
Und drei hohe Silberpappeln rauschen.
Die du in mir bist,
Unser Herz
Schluchzt —
Vor Wonne? —

Sehnsucht.

Wie ich dich überall sehe, du Meine
Und Eine!
Immer du so fern=nah!
Gegenwärtig und doch nicht da!
Immer nur Spuren und Spuren. —
Viel, ach! wie viel!
Im Wandern folg' ich ihnen,
Zu welchem Ziel?
O du, o Dunkelgewillte!
Wann, wo empfängt der Niegestillte
Seine Ruh? —

Urdrache.

Horch! —
Der Sturm um das Haus! —
Heult, pfeift, weint, winselt
Mit hundert Stimmen. —

Horch!
Das ist der alte Urdrache!
Draußen in seinem Graus
Heult er durch seine einsame Nacht.
Heult sein uraltes,
Grausiges Lied von der Ewigkeit.

Horch! —

O küsse mich! —

Der Ton.

Ein leiſer Dämmer noch,
Eine Helle,
Drüben über der ſchwarzen Eichenwand.

Über das fahldunkelnde Flache,
Weit über Gräſer her
Und ſtillblinkende Kolke
Hebt ſich ein Ton. —
Ein Ton. —
Und trübe lauſch' ich.
Einen todwunden Titan hör' ich.
So ſüß-ſchaurig tönt noch ſein Lallen
Vom Sein und unvollbracht Gewollten . . .

Stille.

Tiefe, blaue Ätherstille. —
Kein Hauch rührt die hohen Fichten.
Hier fand der ewig suchende Wille
Ein süß Beschwichten.
Fern, weither nur hör' ich es rollen,
Wo aus den blauen Finsternissen
In den wilden Felsenrissen
Die schäumenden Waldwasser grollen. —

Still steht die Zeit.
Liebe vergessen und Lust und Leid. —

Der Waldtauber ruckt und gurrt.
Ein ferner Kuckucksruf.
O süßer Tod in Gräsern und Blumen! —

Märchen.

Märchen sitzt im Wald und spinnt
Auf einer stillen Wiesen.
Aber, wie so Geister sind:
Es hat seine Capricen. —
Hat zwei waldseetiefe Augen,
Die wollen nicht Jedem taugen. —

Kommt es aber auf zwei jungen,
Blanken Beinen durch den Busch gesprungen,
Weißt du dann das rechte Wort zu sagen,
Darfst du's mit ihm wagen.

So hat ich's gefunden.
Verbrachten zusammen gar holde Stunden.
Aber ist mir nun doch wie ein Traum. —

.

Regen.

Geht ein grauer Mann
Durch den stillen Wald,
Singt ein graues Lied.
Die Böglein schweigen alsbald.
Die Fichten ragen so stumm und schwül
Mit ihrem schweren Astgewühl.
In fernen Tiefen
Vergrollt ein Ton. —

Alt und Jung.

Als wir durch das Dorf fuhren,
Durch den schönen Lindenblütenduft,
Standen die lieben beiden Alten vor der Thür,
Hielten zwei Muskathyacinthen in den Händen,
Die haben sie uns beiden Jungen gegeben
Und haben gelächelt. —

Abend.

Ein Sternchen schon dort drüben über den schwarzen
Kronen.
Wie auf den dunkelnden Wiesen dort die weißen Nebel
wallen! —

Auf unserm Dache gurren die Tauben,
Und die Schwalben zwitschern so hell in den müden Abend.

Sieh, da drüben hat der Tag seine gleißende Plage
Fort, weit hinüber in die fernen Länder geschleppt.

Horch, dies raunende Lüftchen in unserm Weinlaub!
Wispert so heimisch zu unserm Kämmerchen hinauf.

Still! Fühlst du die heiligen, sanften Fittige rauschen?

Stille Fahrt.

Hoch auf freiem Wagen fuhren wir durch das sonnige
Abendgelände.

Heimlich fanden sich unsre Hände,
Und Knie an Knie.
Da verstand und verband sich unser innerstes Leben
Und ruhte . . .
Aber um uns gab's viel Lärm und Geschwärm.
Da haben die anderen gesungen und gelacht
Und wir haben's so mitgemacht. —

Das welke Sträußchen.

Dein Sträußchen. —

Die Vergißmeinnicht
Um die dunkelglutrote Rose. —
Unten um die welken Stengel
Ist noch das hellrosa Seidenfädchen gewickelt.

Dein Sträußchen. —

Auf dem Herzen trug ich's,
Als ich dich küßte
Unter der Thür
Zum Abschied. —

Draußen stand der Wagen,
Die Pferde scharrten und schnaubten
Und ruckten an den Zügeln.
Dein Mann saß auf dem Bock,
Sah uns an,
Lächelte
Und klatschte mit der Peitsche. —

Der Freundschaftskuß. —

Sünde.

Durch die Kornfelder schritten wir Hand in Hand.
Weit gebreitet lag das abendliche Land.

Im süßen Banne heimlich eins, im Schreiten,
Träumten wir nur so, verloren, Korngold und die
dämmernden Weiten.

Da sahen wir das Dorf. Vom Turme klangen
Die Abendglocken; und da kam ein Bangen.

Leise löste sich deine Hand.
Und ich verstand. —

Verbotener Liebe heimliche Wege: nicht?
Trüb' und finster ward mein Gesicht.

„Ist dir was?" — „Nein." —
Und morgen wird's wie heute sein. —

Doppelliebe.

Wie eigen ich dich einst küßte! —

Du lagst in deinem Sessel
Und decktest schelmisch
Die Hand vor's Gesicht.
Über den Fingern
Waren nur deine Augen zu sehn,
Deine Augen. —

So fern plötzlich
Und eigen. —

Und ich erschrak.

Zwei andre Augen sah ich,
Zwei ferne Augen.
Die Augen der anderen . . .

Und da bog es mich zu dir,
Und leise
Küßt ich —
Diese Augen . . .

3*

Reize.

O du, du! — Nimm dich in acht!
Sitze nicht immer so da,
So versonnen,
So himmlisch licht
Von diesem milden Frühlingsgold umsponnen.
Und blicke nicht immer so die Rose an;
Die tiefdunkelglührote Rose an! —
Sitze nicht immer so da
Mit dieser feinen neckischen Nackenlinie;
Und dann so jungfernzart und schelmisch diese
Losen blonden Löckchen ins Genick!
Dieser sanfte, zahme Blick,
Der die rote Rose sieht,
Nur die rote Rose sieht! —
Dieses Lächeln, diese Grübchen,
Wie zwei rosige Amorbübchen
Auf den Backen, am Kinn! —
O, wüßtest du, wie besiegt ich bin! —
Nimm dich in acht! —

Ernte.

＊

Die Schnittermädchen bringen
Den bunten Erntekranz und singen,
Und hinter den goldnen Garben
Versinkt der klare Sommertag
So fröhlich in hundert Farben.
Das Korn ist gut geraten,
Nun sind wir wohl beraten,
Nun haben wir Brot
Und können tanzen, tanzen . . .

Das einsame Haus.

In die Nacht bin ich gegangen,
Weit ins Land hinein
Bis ins fremde. —

Die Sterne stehn schon hoch am Himmel.
Der kühle Nachtwind geht wie Stimmen.
Das Blachfeld dehnt sich in die Weite
In einem bleichen Schein. —

Da plötzlich ragt ein weißes Haus.
Zwei Säulen streben hoch empor.

Die edle Pforte, —
Die beiden hohen, ernsten Fenster,
So eigen dunkel. —

Zwei schwarze Pappeln
Wispern in der Stille,
Im Einsamen. —

Am Fenster
Glimmt ein Lämpchen. —

Bin so müde! Wär's für mich! —

Erwachen.

Durchs Feeenland bin ich gegangen
Die ganze Nacht.
Durch hundert holde Gefahren.

O, ihr lieben, lieben Meilensteine!
Dies ist mein Weg!
Was soll all dies irre Raunen, Blinken und Winken?

Du liebe, stille Meine!
Hahnschrei und Morgenrot. —
Der Zauber weicht. Wie köstlich wirklich wird die Welt!

Du liebe, stille Meine!
Wie bin ich müd'! —
Streiche mir noch einmal so über die Stirn. —

Bei der Mutter.

Du bist wieder bei der Mutter,
In der lieben, alten Stube
Mit den lieben, alten Möbeln.
Die Uhr tackt.
Ihr sitzt beieinander
Und schweigt nur . . .

Siderien.

Siderien . . .
Kennst du Siderien?
Das sind zwei Blumen,
Zwei sammetdunkle Nachtviolen . . .

Apostrophe.

Du mein Tautröpfchen!
Du mein Flackerfeuerchen!
Mein Apfelduft!
Meine Pfirsichblüte!
Du lieber, kleiner, fröhlicher Schatz! —

Lockung.

Ein Vogel sitzt auf unserm Dach,
Der hat eine schillernde Feder.
„Komm du!
Komm! —
Ich weiß ein Land,
Ein Wunderland:
Ich will dir den Weg weisen!
Sieh meine Feder!
Nun bist du ein Kind
Und hast die Augen! —
Schau um dich!" --

In der Nacht.

❦

Einsam bin ich, all dem Treiben fern,
Das am Tage mich so müd' gemacht;
Nur ein leises, fernes Rauschen trägt
Zu mir her die linde Abendluft
Über Dach und Giebel vielgestaltig
Und im Mondlicht wunderlich verworren.

Einsam sitz' ich und verträumt am Fenster.
Weiß in der Gardine liegt das Mondlicht.
Zitternde Ranken, Schattenblumen malt es
Auf die tiefe, weiße Nischenwand,
Legt das Fensterkreuz schräg auf die Dielen.
Weiche, weiße, träumerische Lichter
In das stille Dunkel meines Stübchen.

Unter mir, in tiefe Nacht getaucht,
Hof und Höfchen, hohe, dunkle Mauern.
Lange, breite Lichter hat der Mond
Drüben her vom allerhöchsten Giebel
In die schwarze Finsternis geschoben.
Hier und da, verstreut, ein rotes Fenster.
In der tiefen, tiefen Einsamkeit
Hör ich nur das leise, dumpfe Rauschen
Über Dach und Giebel vielgestaltig
Und im Mondlicht wunderlich verworren.

Suchend irren meine bangen Blicke
Aus dem Dunkel über Dach und Giebel
Dorthin, wo der ewige Azur
Strahlt mit seinen stillen, goldnen Sternen.

Viele kann ich wohl bei Namen nennen.
Sehe dort den goldnen Himmelswagen,
Die Plejaden und den kleinen Bär
Und das Strahlenhaar der Berenike.

O, wie bin ich doch so klug und weise!
Hab' ein Bildchen bei der Hand, ein Gründchen,
Und das Weltall ist die Musterkarte
Meiner neunmalklugen Menschenweisheit! —

Weiß auch, daß dereinst die Stunde kommt,
Jene dunkle, die ihr macht ein Ende,
Da mein Staub vielleicht wie der des Cäsar
Frei nach Shakespeare eine Wand verklebt.

Ach, wie rinnen all die saub'ren Bildchen,
Himmelswagen, Haar der Berenike,
Meine ganze, kluge Menschenweisheit
Wirr zusammen in den goldnen Lichtstrom
Unerforschlicher Unendlichkeiten!
Und ich bin zufrieden, daß ich — nichts weiß! —

Der Armeleutkinder Loblied auf den Winter.

(Nach dem Holländischen von Gerrit Snaar.)

❦

Der kalte Winter kommt nun wieder —
        Hurra!
Schnee fegt in mächtigen Massen nieder —
        Hurra!
Da singen wir, jung und alt, froh und getrost,
Wie lustig der prächtige Ostwind tost.
        Hurra! hurra! hurra!

Gar flink und behend macht Frost uns und Glätte —
        Hurra!
Und, ja! — wenn Vater nur Arbeit hätte! —
        Hurra!
Die Nahrung verteuert sich immer mehr,
Und das stärkt den Appetit so sehr! —
        Hurra! hurra! hurra!

Ja, vollauf stecken wir in der Not! —
        Hurra!
Das Schwesterchen liegt auf den Tod —
        Hurra!
Das giebt dann ein Mäulchen weniger.
O gepriesen seist du, gütiger Herr! —
        Hurra! hurra! hurra!

Wie träumt man dann von Überfluß —
Hurra!
Wenn man den Winter so durchhungern muß —
Hurra!
Wie köstliche Träume zur Nacht mir dann nahn,
Von Kringelkuchen und Marzipan —
Hurra! hurra! hurra!

Wie blickt der Vater trüb und kraus! —
Hurra!
Mutter weint sich die Augen noch aus. —
Hurra!
Zitternd so sitzen, jeden Hellers bar,
Und die Frostblumen schaun so kalt und klar!
Hurra! hurra! hurra!

Wie bin ich so niedlich in mein' klein' Schuh'n! —
Hurra!
Kein Schuster kann da nix dran thun —
Hurra!
Keine Winterjacke hab' ich nicht an,
Die hängt schon längst bei „Onkel Jan" —
Hurra! hurra! hurra!

Sankt Niklas kommt nun auch bald wieder —
Hurra!
An den Schaufenstern geht's dann so auf und nieder —
Hurra!
Und kommt er auch nicht in unser Quartier:
Von weitem das Anschaun macht auch Pläsier. —
Hurra! hurra! hurra!

Aber, Trost! im Winter wie viel auch Not —
Hurra!
Der Frühling bringt alles wieder ins Lot —
Hurra!
Jawohl! Wer uns solchen Trost gegeben,
Soll selbst fortan im Elend leben!
Hurra! hurra! hurra!

Panem et Circenses.

Die anderen: „Brot und Spiele!" —
Der eine: Brot und Spiele —
           Werdet ihr haben!
           Brot und Spiele —
           Habt ihr! —

           Mit einem Lächeln,
           Das ihr nicht mißverstehen sollt,
           Laßt mich beiseite treten
           Vom Lärm des Zirkus,
           Von den Freuden der Tafel! —

Maifeier.

Viele sind im Grünen beisammen.
Begeisterung loht in hellen Flammen.
Ein Redner spricht, und Fahnen wehn.
Zwar kann ich ihn nicht recht verstehn:
Indes, schon gut. —

                        Jetzt ist es aus.
Bravorufen und Saus und Braus.
Nun sitzen sie bei Speis' und Trank.
Zu beiden ermuntert ein Gesang.
Jung Volk erhebt sich zu Spiel und Tanz,
Von Walzer bis Ringelrosenkranz.
All right! — Nun hab' ich alles gesehn
Und kann wohl ein Stückchen weitergehn. —

Freie Liebe.

Binden und Lösen,
Lösen und Binden,
Bis sich die Rechten
Zusammenfinden. —

Sacramentum matrimoniale.

Hier machen wir eine Reverenz
Und bedenken: wie lustig der Lenz,
Und die Liebe wie frei:
Ist immer ein wenig — Zweck dabei . . .

Helden.

Der grimme Hagen,
Der dunkle Nibelungensohn,
Vor dem Palast seh' ich ihn lehnen
Am Pfosten,
Im Drachenhelm,
In blutiger Brünne,
Mit Volker, dem Fiedler,
Vorm Saal der Toten. —

Müde vom Harst,
Vom Ruch der Leichen,
In der Nachtkühle,
Vorm Saal der Toten.

Durch die Mondlichter,
In den Schatten
Des weitstillen Hofes
Naht, lauert der Tod. —

Aber unverzagt warten
Unter den Brauen
Seine ruhigen Augen
Und düsterfroh
In der Mannesfreude
Seines stillwachen Kampfgrimms.

Die Faust am braven Stahl
Lehnt er und lauscht.

Aber Herr Volker,
Bein über Beine,
Sinnenden Auges
Fiedelt er dem Freunde
Ein Liedlein. —

Papa Spitz.

❦

Gleichwie das Taggestirn aus schwarzen Wolken strahlet,
Und rings das Frühlingsfeld mit güldnem Schein be=
mahlet, —
Es blüht in neuer Pracht Ros', Lilj' und Tulipan,
Narziß' und Ehrenpreiß, jed' Blümlein auf dem Plan, —
Gleichwie ob Paphos' Hain ein linder Zephir säuselt
Und in das helle Blau das Laub sich linde kräuselt,
Von heimlichem Ergetzen recht inniglich beweget
Jed' winzig Blättlein sich für sanffter Wohllust reget,
Gleichwie das Sternenheer am nächt'gen Himmel schimmert,
Der noch der Tummelplatz von Aeols Brüderschaar
Hie kurtz zuvor und ihres blinden Wütens war,
Indeß' itzt still ein Glantz auf Wiesenbächlein flimmert:
So hat, o Cynthia! mich dein holder Reitz gerühret,
Davon dir itzt von mir der höchste Preiß gebühret. —

❦

Riesenliebe.

Riese liebte die Riesenmadam'.
Aber, bevor man zusammenkam,
Gab das Umstände! —
Sie war so spröde, wie Er in Feuer,
Und so nahm das Abenteuer
Gar kein Ende. —
Sein Kratzfuß warf drei Kirchen und Stadtteile um
Nebst zubehörigem Publikum.
Vieh, Menschen, Städte und Dörfer traten sie tot,
Über das ganze Land kam die schwere Not. —

Aber, wie schon der Dinge Lauf:
Schließlich trat ein Spaßvogel auf
Und fand eben wieder mal bestätigt,
Wie kleine Ursach' große Wirkung hat.
Damit war dann für Land und Stadt
Das Riesenspektakel erledigt. —

Die Alte.

Ich sitze bieder
Mit meiner langen Pfeife in der Sonne unterm Flieder.
Heute blüht er noch, morgen wird er welken,
Mit Rosen, Lilien und Nelken.
Sitze so da, indes die Gören
Sich die Deklinationen überhören
Summen mir im Kopfe allerlei Sorgen
Von gestern über heute von wegen morgen.

„Ich, du, er, sie, es;
Dem und den, und der und des.“

Und da hör' ich den Spruch der Grauen, Alten:
„Das ist die Dreizahl, die kleine.
Außer ihr ist keine,
Und nichts als ihr Mehrzahl = Entfalten.
Durch sie muß aller Wechsel gehen.
Sie ist alle Normen
Und alle Formen.
In ihr muß alles bestehn und wieder erstehen.“

Letzter Weltenblick,
Und aller Welten Tiefengeschick. —

Gott ja, da wär' ja wohl eigentlich alles gut? . . .

Die brave Rute.

Auf dem Christmarkt sah ich die Rute,
Daß Gott erbarm'!
Die Mutter, die Gute,
Hielt sie unterm Arm.
Um sie, mit Ehrfurchtsblicken
Standen die Kleinen
Und wollten weinen.
Aber, Entzücken!
Die Sache wollte für diesmal gehn. —
Die Rute, die ließ sich nämlich drehn,
Und zum Schmaus
Langte die Mutter Bonbons heraus . . .

Der alte, dumme, dunkle Rauschewald...

Der alte, dumme, dunkle Rauschewald
Mit seinen ewigen Weisheiten und Irrungen! —
Kommst du immer noch nicht über die grüne Wiese
gesprungen,
Du Fliehende,
Du meine goldene, lachende Thorheit,
Du dunkel Ziehende?

O komme bald! . . .

Hat der alte Meister der Liebe...

❦

Hat der alte Meister der Liebe
Mir ein ganz Besonderes aufgespart:
Diese wilde, scheue Tochter Gottes! . . .

O Stürmen, Ringen bei Tag und Nacht!
O nimmerrastende Pein!

Denn das ist Sie, die sich Mißachtende,
Diese kranke, irre, wilde Liebende,
Aller Himmelswonnen mächtig! . . .

Eva! Eva! nackte, fliehende Eva!
Du! Du selbst! Sie!
Teufelin meiner Nacktheit!
Du mit deiner innerlichsten, mütterlichsten Süße!.
Du ganz, ganz dich Gebende!
Mannbildnerin!
Eva! . . .

O diese Sonnenblicke im dunklen Kampfgewühl!
Sehnsucht unterster, dunkelster, unbewußter Mächte!
Du enthülltes Weib!
Flüchtig ganz erfüllter Traum meiner wildesten, beharr-
                                        lichsten Süchte!
Erfüllter Traum! . . .

O unsäglicher Balsam dieses Mondblickes,
Wenn mild meiner drängenden, heißen, verzweifeltsten
                                          Sehnsucht
Dein Innerstes, Heimlichstes, Keuschestes erblüht!
Du Urliebende!
Du wilde, scheue Tochter Gottes! . . .

Tristan und Isolde.

Die traurige Weise! . . .
Und wieder das rauhe Nordlandsmeer.
Endlos die wilden Wogen daher,
Und so zag und leise
In der brüllenden Öde die stille Weise . . .

Eurer Wonneleiden,
Eures einzigen Schicksals banges Seelchen,
Ihr beiden! . . .

Bangste Lust, seligstes Leid,
Urmeergeboren erlöst,
Selig befreit
In die ewigen Kreise! . . .

Die traurige Weise . . .
Ursinn der ewigen Kreise . . .

Die stille Weise . . .

Totengrüße.

Diese blaßrote Hyacinthenblüte,
Und draußen die hellen, fröhlichen Winde
Über die braunen Schollen . . .

Wie sie damals sangen!
Was sie alles sangen!
Ach, und die liebe, alte Kuckucksuhr im Haus!

Und ich lausche der Blüte,
Lausche den jungen, wilden Winden;
Und der Kuckuck ruft wieder eine Stunde . . .

Bald! . . .

Der Buchenhang.

Ich gehe einen lieben Gang
Hinab den alten Buchenhang.
Gehe einen lieben Gang.

Der Stunde ewig denkt mein Sinn,
Da ich mit dir gegangen bin
Hinab den alten Buchenhang.

Da ich mit dir gegangen bin
Mit leichtem Schritt und hellem Sinn
Hinab zum Fluß im Grund.

Die Welle sang durchs stille Thal
Ihr dunkles Lied im Sonnenstrahl;
Dort schwuren wir den Schwur. —

Im stillen, tiefen Grund beim Fluß. —
Wie alles so vergehen muß!
Du goldner Schwur! . . .

Wir schreiten immer weiter...

Wir schreiten immer weiter.
Wir mußten uns bequemen,
Und manchen Abschied nehmen
Und sind so eigen heiter.

Wir schreiten auf dunklen Stufen
Hinab ins enge Thal,
Und hören im Abendstrahl
Unsre Toten rufen . . .

Neid.

Siehst du die Fröhlichen tanzen?

Neid spielt auf
Und Neid hat nicht Zeit;
Das ist der Sinn
Der Fröhlichkeit.

Niemand spielt lustiger auf
Als der Neid . . .

Aus den „Fêtes galantes"
von Paul Verlaine.
(Freie Übertragungen.)

1.
Mondglast.

Deine Seele wird ein Zauberreich,
Das zierliche Masken schattengleich durchschweben.
Tänze schlingen sich, Lautenklänge weich,
Und es webt ein seltsam bizarres Leben.

Weisen flüstern von Liebesglück und =Leid,
Von der Wonne üppig froher Tage;
Doch sie lügen ein wenig ihr lustig Kleid
Und ins Mondlicht verrinnt es leis wie Klage;

In dies träumerische Licht, so weit und hell,
Daß die schlummernden Vögel in Träumen schrecken,
Und sehnsüchtig seufzt der klare Quell
Unter dunklem Wipfelgeraun im Marmorbecken. —

2.

Im Grase.

„Abbé, so abseits?!" — „Und Dir, Marquis!
Hat sich die Perrücke verschoben?!" —
„Schimmert mir dein Nacken so vor Augen, wie,
Camargo! soll ich diesen alten Cyper loben?!" —

„Mein Herz . . . ." — „Do, mi, sol, la, si!" —
„Sieh, Abbé! Dein Trübsinn scheint sich zu heben?!" —
„Pflück' ich Ihnen nicht einen Stern vom Himmel, nie,
Meine Damen! hab' ich mehr das Leben!" —

„Dein Hündchen möcht' ich wohl sein!" —
„Umarmen wir unsere Schäferinnen, die eine
Nach der anderen!" — „Ach nein! meine Herren! ach
nein!" —
„Do, mi, sol!" — „Ah sieh da! Luna lacht über dem
Haine!"

3.

Die Allee.

Buntgeschminkt wie zu der Zeit der Schäferfeste,
Unter all den großen Schleifen zart und schlank,
Promeniert sie unter schattendem Geäste,
Die Allee hinab, die alten Bänke entlang.
Trippelt mit kurzem Schritt, mit vieler Ziererei,
Wiegt das toupierte Köpfchen wie ein Papagei.
Blau ihr Schleppkleid raschelt und ihre schlanke Hand
Wirft mit zierem Bogen den Fächer, und sie lächelt
Verträumt des krausen Bildwerks, das er spannt,
All der galanten Abenteuer, und sie fächelt. —
Lichtblond, ein keckes Näschen, der rote Mund ein Ver=
stecckchen
Reizender Anmut und holder Grazie, und um
Seine Winkel ein leiser Hochmut, ein Schönheitsfleckchen
Hebt den Glanz des Blickes, der ein wenig dumm. —

4.

Auf der Promenade.

Der blasse Himmel und die schlanken Äste
Überschimmern mit ihrem zarten Schein
Das buntfröhliche Durcheinander unsrer Reihn,
Und unsre helle Kleidung knittert und flattert im Weste.

Ein leiser Lufthauch kräuselt den glatten
Spiegel des blanken Weihers, und das Sonnenlicht
Dringt durch die gestutzten Lindenreihen und bricht
Und kürzt der niedern Stämme blaue Schatten.

Zärtlicher Sinn und leicht entbrannte Herzen,
Flüsternd einen halb gebrochnen Schwur,
So plaudern und kokettieren wir die Schnur
Der langen Allee hin unter verliebten Scherzen.

Ab und zu, von einem der zarten Händchen,
Wird auch wohl ein gelinder Klapps appliziert,
Den man nachher reuesanft quittiert
Mit einem ergebensten Kuß auf das äußerste Endchen

Des kleinen Fingers. Ging man etwas weiter
Und war etwa zu stürmisch der Delikt,
Die Gnädige wohl etwas befremdet und kälter blickt,
Aber um den schönen Mund bleibt's heiter. —

Die Eine.

❦

Heilige Nacht der ungestümen Hoffnungen!
O du, du! — Ich komme! Ich will! — Zu dir, der
    Letzten und wirklich Einen! —

Horch, wie die dunklen Gärten brausen!
Ich lache vor Jubel, seligster Gewißheiten trunken!
Ich komme! Ich komme! —

Horch, wie die lauen Äquinoktien in den hohen Eschen
    dröhnen!
Spüre diese süßen Hyacinthendüfte durch die zwielicht=
    witternde Welt!
O meine Seele erschauert in dir! In dir! —

Was giebt es in der Welt, als dieses seligste Mysterium,
    daß ich dich in meinen Armen halte und küsse, küsse,
    küsse?!
Was ist die Welt als dieses Mysterium?!
O ich komme! —

*

Ich will sagen, ich taumele zu dir als ein Wanderer, der
    alles durchmaß.

Ich will sagen, wie man ein Märchen erzählt, will ich
sagen: ich komme von einem dunklen Thor. Da war
einer, an den ich die letzte, kühnste und furchtbarste
Frage that, die Frage der Entscheidung.

Und mein dunkler Wille außer mir schrie in der wildesten,
grausigsten der Nächte und seine Stimme war wie ein
Blitz: Leben ist des Lebens Sinn! Das ist die Ant=
wort des Todes! — Zurück oder schreite hindurch,
öffne! Es ist das Gleiche! — Das Gleiche! — —

Nun lach' ich nur immer in einem neuen und eigenen
Wahnsinn; mit dem komm' ich zu dir, taumelnd,
trunken und doch ein neu Gefestigter! — Zu dir!
O zu dir! —

So will ich dich umarmen und aus dieser Umarmung soll
unsere neue Welt werden; denn von tiefster Bedeutung
wird diese schlichte Einigung zweier Liebenden sein! —

Denn sieh, Er ist nun nicht mehr zwischen uns. Er, der
Blutende mit dem düstern Wort vom Tode, das so
dunkel bannte, der Tod, der Tote! —

Wir werden nun leben! leben! —

Ich komme! —

*

Ich sehe dich! — Meine Sehnsucht sieht dich! —

Wie bist du nur, du Dame? — Wie bist du nur, du
schlichte, braune Dame? —

Ich sehe dich eine Cigarette rauchen! Ich sehe diese
männlich energische Bewegung deines Armes, diese
Geste deines festen Händchens; ich sehe dieses kühne
Leuchten deiner schwarzen Augen.

Und ich lächle; lächeln muß ich wie über mich selbst in dir.

Wie hieß das Wort? Man wird dich Männin heißen,
darum, daß du vom Manne genommen bist. —

*

Aber nun trifft dich mein Lächeln.

O, wie du errötest, du Frau! du Weib!

Wie deine Bewegungen weich werden und sanft! Und
diese plötzliche, milde, tiefsinnige Glut deines feuchten
Auges!

Wie du nun an meiner Brust ruhst, du Weiche, Milde,
Zage, du Süße! und mein Körper sich strafft in
Mannheit!

O du Weib! du Frau!

Wie du nun in deiner ganzen heiligsten Glorie bist,
heiliger, würdiger, wirklicher als es je die Glorie
einer Madonna war! —

*

Gedanken, Not, Leid, Tod: alles, alles ertrunken in dieser
unermeßlichen Einigung zeugenden Lebens! . . .

*

O, müde vor Wonne ruht nun mein Kopf in deinem
Schoß, in trunkener Müdigkeit in deinem Schoß; ein
müder Simson ich zu deinen Füßen!

Und du lächelst und deine weißen Finger spielen mit
meinem Haar!

Du lächelst dein ewiges Siegerlächeln!

Dies schönste Sonnenlächeln!

Wie ein Licht ist es über der Welt und wird noch
tausend und tausend Wonnen einer erneuten Mensch=
heit entfachen;

Dies Lächeln einer heimlichsten Liebesstunde! —

*

Wie bist du mir?

Ich staune und kann nur immer staunen!

Du hast wohl deinen Namen, bist rangiert, von vornehmer
    Herkunft und guter Erziehung:

Sieh, das hab' ich alles vergessen. Ich sehe dich nur in
    der ganzen Würde deiner enthüllten Nacktheit, und
    wenn ich dich nennen soll, will ich dich mystisch d i e
    E i n e nennen, in der Andacht meiner trunken staunen=
    den Sinne die Eine. —

Was sind das nun alles für Wesen um uns herum?

Ich sehe sie und dich und nenne dich die Lebendige und
    mein süßestes Rätsel.

Ich stehe bei dir, Hand in Hand, Auge in Auge stehen
    wir beieinander:

Woher nun der selige Rausch dieser Freude um uns her
    und all die Sonne dieses Lebens?

*

Kein, kein Geheimnis zwischen dir und mir! —

Wie ich jedes Äderchen deines Leibes kenne und zähle,
    seh und weiß ich deine Seele und du die meine, bin
    ich vertraut mit all deinen süßen und trüben Heimlich=
    keiten.

Kein Geheimnis zwischen dir und mir: unsagbar süßeste
    Wonne! Unzerreißbar heiligste Verknüpfung! —

*

Ich fühle, ich habe meinen letzten Gang gethan, damit
    unser Haus bestellt und festgegründet sei, und ich
    komme.

Gegen Tod und Teufel und die Unrast der Erkenntnisse
    seit Urbeginn hab' ich meinen letzten und siegreichen
    Gang gethan und komme als ein Fertiger.

Müd' komm' ich und doch stark, mit dir die süßeste Not=
    wendigkeit zu vollbringen.

Sieh, und ich habe nichts zu sagen, als das kleine, müde, stolze Wörtlein: Alles ist nichts! — Zünde die Herd= flamme an, eine neue Herdflamme! Unsre! —

*

Sieh, alle Götzen und Großen der Menschheit, all ihren Stolz, das Prunken der Kulturen und Erkenntnisse, die tausend und tausend Errungenschaften des Geistes: wir wollen's damit gut sein lassen.
Lächelnd wollen wir nur ein Urmärchen gelten lassen als ein tiefstes und sinnreichstes Symbol und meine erneute Eva will ich dich nennen und über alles setzen die Würde der Einigung von Mann und Weib! —
Und so komm ich nun, ein hohes Lied auf den Lippen, wie noch nie eins gesungen wurde, und doch das Eine, Gleiche und einzig Mögliche! —

*

Durch diese Frühjahrsstürme seh ich mich auf der letzten Wanderung zu dir, und meine trunkenen Sinne brin= gen dir die holden Wunder unsres neu erneuten Welt= gartens, die doch nur das Unbeschreibliche dieser unserer Einigung sind.
All die fröhlichen Gesichte unsrer Hoffnung, die fröhlich= fromme Gewißheit, daß für uns gesorgt ist!
Denn sieh, liebes Herz! die Obstbäume dieses Weges, durch die die frischen Stürme brausen, werden Früchte tragen, und diese Feldbreiten leuchten durch das sonn= durchwirkte Grau dieses Frühlingstages mit ihrem ersten, grünen Schimmer; so zart er ist, er wird ein Meer goldener Ährenwogen sein.
Dies flatternde Lerchenlied über dem braunen Gelände schließ ich dir in mein Herz und will es dir bringen

und es wird mitten in der Wonne einer vertrauten
Stunde sein.

Ein neuer Wille hat die toten Erscheinungen nun zu
einer neuen Einheit verknüpft; und wir in ihr mit
unserem stillen, heimlich=frommen Herrengefühl. —

Ich sehe das Ziel! Ich und du, ein kleines Haus im
Frieden fruchtbaren Geländes: sieh, das ist alles!
Der ewig feste Sinn im Sinnlosen. —

Der gelbe Tag ringt sich durchs Grau.

Durch diesen frischen Sturm will ich zu dir wandern,
daß du mir die stille, fromme Flamme zündest, die
Herdflamme, die neue, unsre! —

Die stille, fromme Flamme! —

Das Kinderland.

Das Kinderland! —

Eine Frage lacht in die Menschen: Was könnte wohl das Ziel all eurer Ziele, Bestrebungen und Absichten sein? Und was sind alle diese Ziele, Bestrebungen und Absichten? Worauf könnten wohl all eure Kulturen noch abzielen?

Eifern, Rennen und Hasten der Zeit, Erfindungen und Fragen?

Prunken von Schlagwörtern, tönendes Gleißen und Prangen von Meinungen?

Forderungen an die Zukunft?

Gepränge und Wichtigthuereien von Künsten und Wissenschaften?

Gesetze und Institutionen? Die unerhörten Errungenschaften der Technik und menschlichen Betriebsamkeit: wessen könnten sie doch wohl ein Zeichen sein?

Haber mit dem, was ist; blutiger Haber der Meinungen über ein kommendes und zu erwartendes Heil der Zukunft?

Ernst und Wichtigkeit öffentlicher Geberden?

Ich lache und sage: Alles ist eins! — Und alles ist fertig und da!

Ein lumpenfreches Thorenwort, das mit Cherubflügeln
über alle Abgründe der Welt rauscht: Alles ist
eins! —

*

Denn ich gedenke und erinnere mich: was war und galt
denn da alles, als ein Einzigstes und Notwendigstes
vollbracht werden sollte?

Die Schreier und Wortmacher auf dem Markt der Kultur
mit pathetischen Geberden und blankgescheuerten Weis=
heiten, ihre ganze Herrlichkeit und Wichtigkeit: lachend
hab' ich ihr durch alle Lappen geguckt! Ich kenne
ihre heimlichste Nacktheit!

Denn ich sah den Abgrund der Unruhe; denn ich sah in
das Werden der neuen Seele und sah die Unrast des
Weibes, das nach seiner Erlösung rief; denn ich sah
die tiefste Tragik ewig unabänderlicher Notwendigkeit
und Gebundenheit; denn ich sah den heimlichen und
ursprünglichsten, den ewigen Kampf zwischen Mann
und Weib.

Und hier, an diesem einen Punkt! da war es, wo ich
euch durch alle Lappen geguckt,

Wo sich mir das tiefste aller Worte aufthat, das einzigste
und grundwahrste:

Alles ist eins! —

Mann und Weib: Die völlige Tragikomik ihrer Chro-
nique scandaleuse liegt weit aufgeschlagen vor mir.

Mein ganzes Weh und meine ganze zornigste, einzigste,
höchste und letzte Fröhlichkeit lacht ihr nun bloß das
einzigste und letzte Wort ihrer Grundweisheit nach:

Alles ist eins! —

*

Ich gedenke und erinnere mich: was war und galt denn
da alles, als ein Einzigstes und Notwendigstes vollbracht werden sollte?

Da ein Mann sich finden sollte mit einem Weibe, dem
er seit Urbeginn verbunden war?

Was war da noch Frömmigkeit und Gotteslästerung?
Was war da Sitte und Religion? Was waren da
eure heiligsten Menschheitsgüter? Was war Liebe
und was waren alle eure tönenden Worte? — Hier
sollten sie erst ihren ganzen Wert bewähren!

Natur, Natur! Hier sah ich in deinen purpurnsten
Strudel! —

Das Chaos dieses Kampfes habe ich gesehen, die tiefste,
dunkelste Tragik des ewigen Spieles!

Und nun hab' ich das stillste, innerste und tiefste Lachen:
Alles ist eins!

Denn diese beiden und ihr ewiger Zwiestreit: das war
alles und ist alles in allem!

Da war Leben und Tod, Auferstehen und Sterben; alle
Rätsel wühlten sich hier auf, knüpften und lösten sich
hier; hier war der Quell aller Offenbarungen!

Und hier that dieses Wort seine tiefsten schalkhaftesten
Nachtaugen auf:

Alles ist eins! —

*

Und der Neue und die Neue: ich spüre, wie sie beginnen
aus dem Stillen und Geheimen ihre bedeutsamen
Kreise zu ziehen!

Das neue Werden hebt an aus der Stille!

Der Neue und die Neue: hier lichten sich Fernen der
Zukunft, hier öffnen sich Bahnen!

Und um sie gewahr' ich die Abschiednehmenden, gerüstet
mit diesem klirrenden Panzer:
Alles ist eins!
Sie, denen sich dieses Wort offenbarte! —

*

Dumm bin ich nun und habe alle Weisheit, lache in die
leuchtenden Wonnen eines neuen Frühlings!
Dumm bin ich nun und habe alle Weisheit: denn was
wäre, das ich nun nicht zu seinem Ende gedacht hätte?
Der Neue und die Neue haben mir ihr tiefstes Geheimnis offenbart.
Und sein Grausen ist ein Lachen geworden!
Über Schranken und Qual tanzt nun mein neues fröh-
liches, bejahendes Lachen!

*

Und ich sehe die Kinder und den neuen Garten!
Ich sehe ihre Spiele!
Engel und Teufel und alle Zeiten und Erkenntnisse:
was wäre, das sie nicht besäßen? Was gehörte ihnen
nicht zu freiem Spiel?
Sie, die schuldlosen Frevler! Denn wer möchte Kindern
zum Frevel rechnen, was den Erwachsenen billig zum
Frevel gerechnet wird?
Ich sehe die neuen, lachenden Spiele der Neuen und
Entrückten!
Ich sehe die neue Jugend und den neuen Anfang!
Das Kinderland!

*

Neu sich regender Wellenschlag des Werdens und der
  Zukünfte!
Erstes mystisches Regen aus der Stille!
Ein neues Ja jubelt dem Leben und der Welt!
Ich vernehm' es selbst aus dem Mund der Hinübergehenden!
Der neue Wille jauchzt sein neues Ja!
Das Kinderland!
Das erreichte Kinderland! —
Das Ziel! —

Auf der Düne.

❦

Auf der Düne lieg' ich, im weißen Sand, im lichtblauen
Schatten der starren Gräser.

In flimmernder Wärme lieg' ich, vergessen, im goldigen
Strahlenspiel, im Kosen und Flüstern der Winde,
selig betäubt von dem großen Getön der Brandung,
und höre ihr einziges Lied.

Und meine Sinne sind dies weitgewaltig andringende
blaue Fluten, sind diese aufblitzenden, nahenden, glei=
tenden Silberschäume gegen diese weiße Einsamkeit
des Strandes.

Sonnigste, seligste, schmeichelnde Tiefeinsamkeit!

Himmel und Meer in ihrer erhabenen Größe und hundert
selige Farben!

Dieser violette Hauch der Buchtenhörner in ihrer Ferne!

Dieses stille, weiße Segel im äußersten Blau der Ferne!

O Sonne! Sonne! —

*

Meerlied!

Sonniges, fröhlich=blauendes, sommerliches Meerlied!

Aus deinen Purpurtiefen blitzen Offenbarungen wie sonn=
bestrahlte Möwenschwingen, schaukelt die ganze Fülle
meiner Reichtümer!

Denn dies alles bin ich und dies alles gehört mir! Und
die tiefsten Erkenntnisse und Einsichten der Größten
und Gewaltigsten, Erkenntnisse und Einsichten, mit dem
Untergang Tausender bezeugt: tiefes Wunder! sie sind
nun das friedlich=tändelnde, freiwillige Sichgeben dieser

einsamen Stunde, in der meine Seele mit ihren Ewig=
keiten spielt!

Brause, rausche, singe!

Gieb, gieb mir die sonnenjauchzende Freiheit deines großen,
sieghaften Lachens! . . .

*

Dröhne so groß und weit und erhaben in dieser schäu=
menden, breitwuchtenden Brandung!

Flüstere nah und vertraut in diesen lichtgrünen, sonn=
durchspielten Gräsern!

Weitäugig leuchte hernieder aus dem endlos Klaren!

Lied, Stimme dieser herrlichen Öde!

Erschauern will mein Herz von der Fülle deiner Reich=
tümer!

*

Aber aus dem Nächsten kommst du nun, schmiegst dich an
meine Seele, flüsterst in mein Ohr, und ich folge der
Richtung deines Fingers und sehe das Glück fröh=
lichster Gesichte.

Mit Wiesenblumen und roten Dächern, mit dem Brüllen
einer Kuh, mit einem windvertragenen Hahnschrei
befreist du meine süßbedrängte Seele und machst sie
lächeln.

Aus dem Alltäglich = Vertrautesten heraus zeigst du dieser
meiner gegenwärtigen Lust lachende Ewigkeiten!

Es ist nur dies kleine Fischerdorf hinter der grünen Düne,
hinter dem dunklen Frieden dieses Föhrensaumes.

Zwischen seinen roten Häuserchen führst du mich hin,
zwischen all seinem friedlich = bunten Kleinleben.

Hellflachshaarige Kinder spielen auf seiner Gasse; ernste
Fischer schreiten mit Rudern und Netzen, mit bärtigen,
braunen Gesichtern und lichten Augen, mit ihren
schwarzen Südwestern, ihre Kurzpfeifen rauchend. Sie

6*

schreiten mit langsamen, schweren Schritten, in denen
doch Kraft ist und Rüstigkeit.

Sommergäste gehen zum Strand hinab in hellen Kleidern,
in modischem Putz, wandeln hin zwischen Wiesen und
reifenden Feldern, durch Sonne und Wind.

Und zwischen ihnen mach' ich meinen gewohnten Spazier=
gang und freue mich dieses vertrauten Anblickes und
nehme meinen Anteil im heiteren Nichtsthun dieser
Tage und Stunden.

*

Und plötzlich hab' ich ein Gewähr: nicht zehn, nicht hundert
solcher Körper machen meinen wahren Leib aus.

Und ich, sie alle, Menschen: wir sind nur der eine wahre
Leib des Einen sich wandelnd immer Wiederkehrenden,
in dem unsere Ewigkeit beschlossen ist.

Ich erschauere vor dem purpurnen Geheimnis des Einen
und der Individualität, ich erschauere vor den Geheim=
nissen des Typus.

Ich sehe bis in das Herz und das Zentrum der Welt.

Gottes Gestalt lüftet sich vor meinen geöffneten Blicken.

Und ich freue mich der unverbrüchlichen Heiligkeit des
Typus und der Ein=Zahl.

Ewig entfaltet sich aus Ihr die unermeßliche Fülle der
ewig Wiederkehrenden.

Meine persönlichste Unvergänglichkeit ist mir verbürgt
durch Sie!

Und diese Wahrheit der Wahrheiten ist nun ein lachendes,
sonniges Sommerspiel.

Meerlied! O Meerlied! . . .

Stimme der Weiten! . . .

Das Wort.

❧

Die langen, öden, flackernden Vorstadtstraßen! — Die
    Winterstraßen!
Einen Hag'ren, Dunklen, Tiefäugigen seh ich.
Zitternd im schlechten Kleid drückt er sich durch das
    treibende Gewühl,
Durch Frost und wirbelndes Flockenspiel,
Durch das Gewühl der Vorstadtstraßen, durch das Rau=
    schen und Brausen der Kraft.
Einen Hag'ren, Dunklen, Tiefäugigen, einen Suchenden
    seh ich,
Durchschüttert vom Strom der Kraft,
Liebend beschleichend die Kraft! —

Und ich sah das werdende Wort!
Das Wort der Kraft!
Das neue Wort!

Die Schaumkrautwiese.

❧

Müd' komm' Ich und spielluftig von zwölf Arbeiten zu
    den Nymphen, zu der Schaumkrautwiese!
Hei! Ah! Zu der weißen Schaumkrautwiese! —

Kränze, ihr Nymphen! Schaumkraut=, weiße Schaumkraut=
    kränze, aber goldknöpfige Sternstrahlblumen hinein!
Hei! Ah! und nun schlingt, schlinget den Reihn!
Dickbäuchiger Silen, lächelnder, rosenbekränzter, epheu=
    geschmückter, träumerischer, aus deinem Schlauch
    schenk ein!
Rotroten Wein!
Braunes Faunvolk ist da, hüpft und hopst, bläst Syrinx,
    Flöt' und Schalmei'n!

Und Liebe, Liebe, Liebe!
Dunkellust, wilder, heiß drängender Funkelstrom, Glut=
    strom.
Verwegenste Liebe! —

Sistrengeklirr, kichre durch schamlose Lieder,
Hei! Ah! Nackteste Lieder! —

Wildwilde, weißbusige Wonne!
Rosenlichte Leiber in hellster Sonne!

Silberlachen! Silberlachen!
Selig schaukelnde Flut, in der ich träume!
Silbernachen,
Durch dunkle Weltenräume! —

Ihr vollbusigen, rundhüftigen, blitzeäugigen Weltweisen alle
Umdrängt mich, o warm! heiß! nah! mit Lachen und
  Schalle,
Daß meine Müdigkeit sterbe,
Daß ich Kraft und Weisheit erwerbe! —

Über alles, alles, alles wollen wir lachen,
Denn weise ist diese
Dunkellachende, sonnenselige Schaumkrautwiese! . . . .

Das dunkle Gäßchen.

Dunkelgelüstet, mit weiten Schritten
Wandr' ich dem dunklen Gäßchen zu,
Denn, wen ich liebe, das bist du,
Du, mit deinen frechen Augen . . .

Sommernacht und alle Sterne:
Schmeichelnd nah und doch so ferne! --

Das dunkle Gäßchen, in das ich gehe. --
Das dunkle Gäßchen, aus dem ich erstehe. --

Das dunkle Gäßchen. --

Im tiefen Grund.

(Fragment.)

✿

Am Ziel! Am Ziel! —
Dürr wie ein Besenstiel. —
Vom Wandern, vom langen Wandern,
Immer so aus dem einen zum andern.
Hahahaha!
Von Meinungen geschunden,
Gebunden,
Wieder losgewunden.
Gehetzt mit allen Hunden:
Aber nun bin ich da! —

Sieh, wie wirrt sich das Deutliche mit Sonne, Korn,
    Grün und Blüten ins Fahle!
Nur eine einzige glutrote Blume bleibt
Und treibt
Stilleinsam vor dunklem Thale. —

O nun, mein goldener, mutiger, unbezwungener Leichtsinn
    tritt ein!
Sieh, mein dunkler Wille: hier ist ein Pfad.
Munter aus dem Unzulänglichen,
Dem verfänglich Unzugänglichen,
Kommt es genaht.
Folge diesem silberklaren Wässerlein
In tiefen Grund.

Horch! Dort unten aus den Edeltannnächten schäumt
    ein Mund!
Schäumt und kündet,
Was der fröhlichen Neugier deines Sehnens noch un=
    ergründet.
Beuge dich nieder zum Dunkel! —
Sieh, wunderseltsam ein Gleißen und Gefunkel!
Horch, ein Lockruf aus den Fernen!
Blickt wie Rubin. —

Hahaha!
Ohr und Auge, Auge und Ohr:
Wie eins sich ins andre verlor!

O, was für ein lustig Land!
Laut wird Farbe und Farbe Laut.
Auge das hört und Ohr das schaut
Bekannt wird Unbekannt und Unbekannt Bekannt.
Mit meinen verkehrten Sinnen,
Was werd' ich doch noch gewinnen,
Ich, Junker Habenichts und Nimmersatt? —

Wie mir nur ist? — So eigen munter=matt? —
Ein Ruf, fern aus einem Thal. —

Ja ja, ich weiß: einer neuen Sonne Strahl
Leuchtet über einem Lande von Thoren.
Wer hindurchkommt, geschoren=ungeschoren,
Ist neu geboren;
Der ist gekommen
Von den Neunmalklugen zu den Freien und Fröhlich=
    Frommen.
Amen und Ja!

Still!

Nein:
Die Tiefen schweigen.
Die Tiefen — steigen —
Nun bin ich da . . . .

Wie eigen bin ich befangen.
Zornmütiges Sehnen g e g e n das Unbekannte z u m Un=
    bekannten,
Gefühlt = Verwandten.
Lachende Neubegier und ein — Bangen . . .

Wie werden meine Augen so starr und weit,
Und mein wehrhaft Herze so gelassen = müde in der wunder=
    sam dämmernden Einsamkeit.
Von oben schimmert weinrot ein Strahl.
Blume vom Thal!
O Blume vom Thal! —

               *

Nun kann ich die beiden gleißenden Schlangen sehn,
Die sich dort gelb und grün um das braune Stammrund
    drehn.
Sie winken und blinken.
Will ich sinken?
Nein, nun kann ich's ertragen,
Was ihre gleißenden Windungen sagen:
Drinnen ist draußen und außen innen,
Sinnen ist Handeln und Handeln Sinnen.

Geh ich oder steh ich? So sag ich, ich gehe
Und sehe, was ich sehe.

So hör ich, was ich höre.
Ich weiß nun schon:
Alles ist ein einziger, der eine Ton
Und alles Gesehen=Gehörte sind seine Chöre.

O Grauen! —
Blut, Blut und Blut!
In hellgleißender, brütender Sonnenglut!
Oder — sind das weitrote, fröhliche Mohngefilde zu
    schauen?

Gefilde! Mohngefilde!
Lache, lache, mein Herz!
Eins steht fest: dein Feind ist dein Schmerz,
Und was du bilden kannst, das bilde. —

Hoiho! Du weiteinsames Land meiner Qual=Wonnen!
Ich, weit umfangen vom lustigen Grausen meines Ja=
    Nein!
Wie ich will, ist deine Pein zerronnen,
Oder von neuem um mich gesponnen!
Vorwärts, in meine Himmel=Hölle hinein! —

Hörst du den Ruf?
Waldhornruf!
Bebt durch Gestalten,
Belebt Gestalten.

Spüre, wie seltene Düfte gehn.
Diese Ströme, diese Seen,
Diese Breiten und Gestade,
Diese hellen Blumenpfade,
Diese glühen Himmelsfarben,

Diese breiten Strahlengarben,
Über Dunkelbuntem flimmernd,
Diese Leiber irisschimmernd,
Wie sie wandeln, wie sie eilen!
Wie sie gehn und wie sie weilen!
Wie es naht und wie es schwindet!
Jetzt sich löst und nun verbindet!
Welch ein dunkles Lebensspiel!
Was sein Sinn und was sein Ziel? — — — — — —

Ekstase.

❦

O Nacht! Nacht!
O Ungenanntes, Ewiges und Eines!

Ich, das arme Gebilde deiner rasendsten Süchte,
Sehe alle deine strahlenden Wonnen!
Sehe alle Pracht deiner schöpferischen Sehnsucht!

Ich bin das Reich aller deiner Wunder!
Ich bin die tiefste deiner Tiefen,
Deine ganze Tiefe! —

Ich, in deiner ewigen Umarmung,
Schaukelnd in deinem Schoß
Als meiner ewig sicheren Wiege!

Ich Dunkler: dein strahlender Tag!
Ich Dunkler, der ich deine Sonnen sehe:
Ich, alle deine Sonnen und Tage! —
Ich, Erzeuger deines buntfröhlichen, erhabenen Wogen=
spiels:

Ich, sein Spiel und sein Gebilde!

O du, von dir mich stoßend!
O du, zu dir mich ziehend!
O du, ewig mich umfangend! —

In heiliger Gesellschaft.

✣

Flüsternacht,
Und alle Sterne entfacht.

Aber nur die heilige Cäcilia
Sitzt auf einer Silberwolke
Unterm Vollmond
Über den Chausseepappeln
Und macht gar heilige Musika;
Und alle Kater und Hunde queilen . . .

Ach Emmichen! dickes Liebchen!
Spute dich! —

Die blaue Fliege.

Kam eine blaue Fliege geflogen
Sorglos durch den Sonnenschein
Mitten ins alte, graue Spinnennetz hinein.
Kam die alte, dicke Spinne gezogen
Mit ihrem langen, dünnen Spinnenbein.
Wollte der armen Fliege ans Leben,
Hast du ihr die Freiheit gegeben . . .

Heldenversöhnung.

Herr Walter, Hagen und Gunther sitzen
Am Wasgenstein;
Mußten weidlich im Kampfe schwitzen,
Der eine gegen die zwei'n.
Ließ der eine die Hand, ließen die andern Aug' und Bein.
Nun sitzen sie im kühlen Waldgeraune
Auf moosigem Stein.
Schön Hildegund schenkt ein,
Und sie sind in der besten Laune.

Zauberin Liebe.

✤

Mitten in der Haideöde
Wächst der Wachholderbusch,
Hell drüber steht der runde Mond.

Und ich sitze auf der Haide
Unter dem Wachholderbusch,
Sehe das lichte Gesicht, und wer wär's als du?

Und alle meine blauen Schafe
Sind auf wunderlicher Weide
Auf der Mondhaide
Unter dem Wachholderbusch.

Spazieren die Kreuz und Quer
Süßen Giftkrautes trunken.
Alle meine blauen Schafe.

Und meine gelben Wolfshunde knirschen
Ohnmächtig an diamantenen Ketten.
O käme der Tag! —

❧

Warnung.

Um deine schönen Brauen schattet ein Sehnen, mir ein
Bann.
O narre mich nicht länger, denn ich bin ein Mann! —
Lief dir nach über sieben Berge, durch sieben Thäler und
den Zauberhain;
Alle Prüfungen bestand mein stolzer Wille, denn so muß
es sein.
Und noch immer, noch immer fliehst du?
Was will unser Geschick? Gieb mir Ruh! —
Mir graust!
In meiner Seele grollt mein dunkelster Wille . . .

Ewigkeit.

❧

Sonntagsmorgen; wir gingen ins Feld hinaus.
Aus der Kirche Gesang und Orgelbraus:
„O Ewigkeit, du Donnerwort!
Du Schwert, das durch die Seele bohrt!"
O Ewigkeit! . . .

Und wie ein fahler Zwielichtschein
Brachen die Töne über uns ein . . .

Über sonnigen Feldern die Lerche sang,
Aus blauen Höh'n ihr Jubel klang.
Auf dem Hügel der blühende Apfelbaum.
Wir standen beide Hand in Hand
Und sahen über das junggrüne Land
Bis zu der Ferne duft'gem Saum,
Und küßten uns mit jungerwachtem Liebesdrang,
Und küßten heiß und küßten lang . . .

Und Herz! Die Zeit
Will Ewigkeit! . . .
Will und wirkt Ewigkeit!
Lachende, lachende Ewigkeit! . . .

Der Bann des Lebens.

Die lange, lange Nacht!
Und kein Schlummer . . .

Takt die alte Uhr so dumpf durchs Haus:
Ewigkeit und Ewigkeit . . .
Vielleicht frißt nun dieser Grans mein Hirn,
Und alles hört auf. —
O alles! alles! alles! —
Immer! Für immer! . . .

Aber gleich
Singt der Mond ein Zauberlied
Von schlummernden Sonnenländern,
Von Lenz und Fliederbüschen,
Und Nachtigallen . . .

Weltendämmerungen!...

Weltendämmerungen!...
Und der neue Wille, der sich bereitet!...

Aus ihren uralten Felsennestern,
Von den Höhen,
Von Stürmen umgraust,
Von schwarzen Wettern umdunkelt,
Von bleichen Blitzen überflogen,
Kommen sie zu Thal,
Die Söhne der ewigen Unrast,
Die Ewigkeitskünder,
Und suchen ihre Schwestern,
Die wilden, fröhlichen Töchter der Sonne...
Und wollen in den Thälern wohnen,
Und wollen zeugen...

Das Lied vom Tode.

❧

Nacht und Meer! . . .

In den einsamen Schauern des Abends lieg' ich am
Strand, allein mit meiner geliebten, großen, zeugenden
Öde, allein mit der fahlen Stille.

Und der weiße Sand, aus dem falben Grauen der Däm-
merungen schimmernd; und das große, dunkle, einzige
Lied mit den weißen Armen seiner schluchzenden Sehnsucht, mit dem heimlichen Grollen seiner Brünste.

Und meine Seele ist dies bebende, zwitschernde Vogel-
stimmchen hinter mir.

Du armes, zitterndes Herzchen!

Und doch so frisch und mutig und seiner ewigen Schicksale sich bewußt, seiner unvergänglich ewigen Schicksale
sich bewußt . . .

*

Mutter Nacht! . . .

O singe, singe, singe! Singe mir all deine Geheimnisse!

Diese leisen, wenigen Lichter auf dem dunklen Geflute!

Dieses Schimmern aus dem Schwarzen!

Die Lichter!

Diese wenigen blinkenden Lichter! . . .

*

Die Lichter und die verhauchende Seele!

Die Lichter und die letzte verhauchende Unrast dieses großen, sterbenden Körpers!

Dieser ungeheure, fahle Körper! . . .

*

Und ich sehe einen Müden und Sterbenden: er verlangt von mir eine Gewißheit und eine Zuversicht.

Was soll ich dir denn geben? Was soll ich dir geben können, du, mit der letzten Gnade Begnadeter?

Ich habe nur das Leben, weiß nichts als das Leben!

Ich habe nur ein Lachen und ein Wissen: Licht ist Dunkel und Dunkel Licht.

Und mitten bin ich in dem muntersten und einzigsten Witz!

Zitternd bin ich im Bann eines alten, dunklen, einzigen Scherzers! — Und lache, lache, lache. —

Und mein Lachen ist das tiefste Grauen.

Und mein Grauen ist meine Wonne.

Und mein Lachen ist meine Kraft.

Und mein Lachen ist alles, was ich habe.

Und ist nichts gegen das, was du schon siehst mit deinen begnadeten Augen.

*

Nur ein einziges, dummes, lumpenfreches Wort weiß ich: Alles ist eins! —

Aber ich fühle seine Tiefen! — — — —

Lache, lache, o lache!

Denn was du besitzen wirst und was du bist, hast du! —

Und mein ist dein.

Ich bin du.

Unser beider ist der einzigste, sicherste Besitz:
Und wir sind dieser Besitz:
Dies Wort, dieser Besitz und dies Lachen:
„Alles ist eins!" . . .

*

Den Bleichen, Dunkeläugigen, Schlanken siehst du doch?
Merkst du nicht, wie er sich über uns beugt in diesem
    dunklen, donnernden Grausen, in diesem Meergrausen?
    So dunkel=licht, so schelmisch, so klug und gut?
Er ist unser Lachen, unser ganzes Lachen!
Er ist das ahnende Lachen unsrer schwindenden Atome!
O, nur einmal lachen wir so und dies Lachen der
    Wende! . . .

*

In Gott!
Im Tod!
In der Wende!
Im schönsten und einzigsten, im tiefsten Scherz!
Im letzten und besten! . . . .

*

Ach, nun kenn' ich dich. — Du denkst noch an die Straße
    und ihren sonnigen Frühlingssturm, die du einst
    gewandert.
Ach, über dies tiefe, tiefe, tiefe Trennungsweh!
Aber denke doch, daß du ein Kind bist, dem man ein
    Spielzeug vorenthält.
Wer könnte einem Kinde auf die Dauer etwas versagen?
Man hebt ihm seine Lust auf, daß sie ihm nicht gemein
    werde.

Und im Grunde giebt es nur dies eine Spiel; der
  Waltende muß sehen, wie er für das Kindlein damit
  haushält.
Und alles ist eins.
Alles ist eins. —
Die ganze Tiefe dieser fröhlichen, reichen Lumpenweisheit
  ist unser! —
Fühlst, fühlst du sie? . . .

*

O, all die sonnige Fülle dieses Lichtes! —
Ein Sehfehler, daß du die Nacht schwarz schiltst, du,
  mein Geliebter! — — —

*

Singe, singe, Nacht!
Dein großes, dunkles, mütterliches Meerlied mit seinen
  aufblinkenden Geheimnissen, die wie das liebe Blinzeln
  eines Mutterauges sind!
Auf den Wogen,
Den Wellen,
Den schaukelnden Wogen . . .

*

Immer, immer das eine, hüpfende, blinkende Sternchen!
In alle Ewigkeit hinein wird es sein!
Die Seele! —
Unfaßbar, immer entschlüpfend —
Und immer da! . . .

*

Sternchen! Sternchen!
Gleite, blinke, hüpfe und schlüpfe!
Was in aller Welt wäre ein besseres Spiel als dies
    unser eines:
Meine Jagd nach dir? . . .
Sehnen ich, das besitzt! . . .

*

Sternchen blinkt.
Sternchen sinkt.
O, ist es dunkel! —
Eia!
Sternchen ist wieder da! . . .

*

Erstes Liedchen! Letztes Liedchen!
Kinderliedchen! —

*

O Nacht und Meer!
O lachendes Geheimnis, das sich selbst verrät mit sich
    selbst! . . .

Urgermanisch.

Lacht und singt der Sonnenheld,
Einsam, eine einsame Stimme,
Durch die dunkle Urnachtwelt,
Knabe, der über den Friedhof pfeift . . .

Aber ist niemand so allein:
Harrt des Mannes
Die Jungfrau auf dem Drachenstein.

Schmeißt der Held den Drachen vom Stein in den Wald;
Lacht das Fräulein, daß der Himmel schallt,
Lachen die erlösten Wunder der Nacht! . . .

Lenz! Tag! —